Curuvica de río

Iván González

Curuvica de río

Zumo

© Iván González / Zumo Ediciones
Colección *Zumo de Poesía 1*.
San Lorenzo, Paraguay; enero de 2021 (primera edición: noviembre de 1992).
Sitio web: www.ivangonzalez.com.py
Correo electrónico: iviglez@gmail.com

Ilustración de tapa: *La puerta en el espejo*,
de Pablo Maximiliano Armando.

González, Iván
  Curuvica de río / Iván González. – 2ª ed. – San Lorenzo : Zumo, 2021.
  82 pp. ; 12×18 cm. – (Zumo de Poesía ; 1)

  ISBN Libro impreso: 978-99967-892-2-9
  ISBN Libro digital: 978-99967-892-3-6

  1. Literatura paraguaya. 2. Poesía paraguaya. I. Título.

CDD 861PY G6439

Enero de 2021

A mis padres, doña POCHA y don PAPI, quienes me han regalado la vida. A la VIDA, que me ha regalado ser en este mundo y en este tiempo.

A mi esposa, NADIR, en esta estación donde nuestros caminos se han vuelto uno.

A mis HIJOS, pequeñalocabezudos marcianos.

A JOSÉ LUIS APPLEYARD, demiurgo, lumbrera, duende del San Roque.

A los miembros del TALLER PÁJARO AZUL, voces que resuenan en el espejado aire de las tardes compartidas.

Nota

Había presentado *Curuvica de río*, bajo el seudónimo Etiguara, al Concurso de Poesía «Voces Nuevas»; convocado por el PEN Club del Paraguay, el Diario Última Hora y la Editorial Don Bosco, en el año 1992. Obtuvo el accésit.

El mismo año fue publicado juntamente con los otros dos poemarios premiados: *Agua Morena*, del P. ALBERTO LUNA PASTORE, SJ; y *Poemario uno*, de ROQUE JARA PEDRINA, en un volumen titulado *Veredas*. En 1996, lo incluí en la primera edición de *Solo de papel*, con algunas modificaciones y agregados: la dedicatoria a AUGUSTO ROA BASTOS, la cita de EDUARDO GALEANO, que encabeza el poema *Duermo*, y la reescritura del poema *Les doy mi habla lisa*, eran los cambios más significativos.

Para la segunda edición de *Solo de papel* (1999), corregí la ortografía de la palabra «curuvica», que aparecía, desde el original, con letra «b». En el año 2000, reproduje la versión del 99 en una *plaquette*.

Al cumplirse los 20 años de su primera publicación, en el 2012, publiqué una nueva edición, de carácter conmemorativo; y en homenaje a JOSÉ LUIS APPLEYARD, poeta por sobre todo, uno de mis primeros lectores críticos. El poemario quedó organizado en dos secciones: *Desde la ribera* —la primera, y *Ojos de kaninde* —la segunda; e incorporé poemas que habían quedado en el tintero y que han ido cobrando existencia corpórea —a veces, a pesar de mí mismo— en este tiempo de encuentros y desencuentros con la poesía. En el 2017 —a 25 años de su primera publicación—, integré en el *Apéndice*, de NELSON AGUILERA, DELFINA ACOSTA y ARMANDO ALMADA ROCHE, sendos comentarios a la obra. En la presente edición, cambié algunas palabras por otras, de manera a darle mayor fuerza y expresividad al poema corregido.

En el prólogo de *Veredas* (1992), JOSÉ LUIS APPLEYARD dijo al respecto de *Curuvica de río* que en «cierta manera, estos versos dan la impresión de que al poeta 'le duele Asunción' a verla tal cual es, por lo que al describirla da a veces, dolorosamente, con todas sus miserias; pero querible de todos modos. Y es el río el que ejerce una mayor atracción en el poeta. Es esa 'Curuvica de río' la que encandila sus ojos ávidos de esa agua, y así puede decirle: "Me cruzás el cuerpo en múltiples abrazos / curuvica de río / escucho tu jadeo de olas endulzándome el aire...". Y ese término, 'curuvica', un guaranismo incorporado a la lengua española, adquiere la fuerza que solo un poeta puede darle, y la imagen se irisa ante el sol que arranca de las aguas esos pedacitos húmedos y bellos, que son las curuvicas de un todo fluvial, vital e impresionante».

—El hombre (...) es como un río. Tiene barranca y orilla. Nace y desemboca en otros ríos. Alguna utilidad debe prestar. Mal río es el que muere en un estero...
(Macario habla, en *Hijo de Hombre*, I, 2, de AUGUSTO ROA BASTOS.)

Desde la ribera

Dijo (el Padre Primero de los mbya guaraníes) *que quienes supieran escuchar al cedro, cofre de las palabras, conocerían el futuro asiento de sus fogones. Quienes no supieran escucharlo, volverían a ser no más que tierra despreciada.*
(*Memoria del fuego I; los nacimientos,* de EDUARDO GALEANO.)

DUERMO —en duermevela—
    giro por un impulso secreto
    cargo con la ciudad
    la corvada espalda
    los latidos violentos
    enflorecen mis párpados
    de un lado a otro
    la cabeza desbordada
    y la música entrando
    en mi casa
        en mi pieza
    en mis poros
        y caigo
    arrollando en cada salto
    las palabras los versos
    las estrofas el poema
    junto al fuego sagrado
    bajo el sagrado cedro
    el poema sagrado poema
    me mira el colibrí azul
    y yo lo veo quemarse
    en la fogata encendida
    y les hablo con la voz
    del que se quema y vive
    y les hablo y me escuchan
todos sentados me atienden
sentados en círculo oidores
viendo a través de los sonidos
los ojos en luz

los ojos fijos
con las llamas de la hoguera
con las llamas desde dentro
sin palabras sin versos
sin estrofas sin poema
me despierto definitivamente
con el regusto a cedro
para enfrentar a la ciudad
que flota entre las llamas
que flota en la fogata

ESTA CIUDAD ya no morirá
    puedo verla infinitamente viva
    sonriendo con los colores
    de su propio y cotidiano arco iris
y danzando mujer al fin danzando

esta ciudad ya no morirá
    lo sé lo siento
    lo creo lo demencio

     ditirambo de lluvia
     corazón de cedro
    soplo de colibrí azul
     táva de cemento
curuvica de río a mis ojos
       abiertos
         esta ciudad

ya no morirá
ni yo
su fiel amante

y ninguno de los que la hagan suya
    ninguno

———

táva. guar. Ciudad

Aquí la vida es a veces
tan mediocremente humana
como un sinnúmero de caras soñolientas
que no sabemos en qué entretenernos
para no llegar a la noche destrozados
o morirnos allí mismo de vergüenza

pero otras veces el lapacho
se burla del invierno
y aquel niño
se pasa la tarde atado a la pandorga
y nosotros
los que caminamos las calles a diario
dejamos caer un jazmín risueño
o perdemos los ojos
entre el follaje del río

El río besa
los duros contornos de cemento
las olvidadas huellas en aquella playa
la mirada del sol en el ocaso
el sueño del hombre que lo habita
—en las altas noches—
como si fuera la única patria deseada

camino de la tierra sin mal
lo bebo a largos días

He mirado nuestras caras
me he bañado en nuestros ojos
y he salido limpio
como quien sale de un anillo fino
porque he navegado en un torrente vivo
entre el murmullo de voces apagadas en lo hondo

amanecí de pronto desde otra mañana
y me convertí en fogata
      pero si me comparás con un dios de yeso
      sabrás que soy una rama
      de cedro entre muchas
      un tramo de río en la curva
      que moja tus ojos día tras día

todo me nace desde un grito
quizá sepás dónde estoy perdido
y me rescatés de un vistazo
como ahora que te escucho

hablame por eso de las cosas
desencadená en mí esta nostalgia
de tenerte como un bosque
y yo en tus calles

Esta tarde saldré a caminar las calles
sé que veré desconocidos rostros transeúntes
tranvías chirriantes y amarillos
canillitas vendedores mendigos harapientos
vidrieras repletas vanidosas
prostitutas travestis drogadictos
bolsas negras malolientes perros vagabundos
adustos policías algún politiquero
autos relucientes y costosos
coreanos chinos japoneses
edificios altivos silenciosos
sudorosos obreros señoras obesas y aburridas
negocios decadentes colmados colectivos
algún que otro borracho tempranero
restaurantes bares autoservicios
liberales colorados y demócratas
aquel hotel de renombrada fama
despreocupados funcionarios
plazas farmacias puestos callejeros
usureros malvivientes evasores
comercios bares librerías
curas cristianos ateos demagogos
aquel copiado monumento a nuestros héroes

esta tarde saldré a caminar las calles
caminarlas simplemente
dibujado en el aire como un rostro

desdoblado hacia dentro
como un reflejo de río
en los cristales altos
como una hoja arrebatada
al último y olvidado cedro

Les doy mi habla lisa
     oidores de cedro
     plumas de colibrí azul
     cordilleras del *kaninde*

les doy mi habla de piedra
     y de agua
curuvica de río
o beso de aire y de fuego

les doy mi habla de harina
     y de sal
panaderos bíblicos
que cuecen un mismo pan
     rotos de cansancio
          —y aún enteros
     corroídos de sueño
          —y aún incorruptibles
     mojados hasta los tuétanos
     de tanto sol sobre los hombros
          —y aún limpios de toda limpieza
corazones de trigo
por el viento molidos para la vida

---

kaninde. guar. Guacamayo azulamarillo

Hoy como ayer
les doy lo más preciado
de la lluvia y del fuego
que me habitan
        les doy mi habla lisa
coloquial y fraterna
tomen de ella
que ustedes me la dieron
tomen
toda su gravedad
y su franqueza
aun sus más familiares
e íntimas inflexiones

hoy como ayer
los nombro con mi voz
        a veces como el murmullo de las hojas
        que reciben las caricias del sol
        a veces como el estruendo de las olas
        del mar contra los acantilados
y me enorgullezco
de sus manos
de su porte
de su simpleza azul
de su andar estirando el carro
hora tras día mes tras año
y sin pretenderlo
se me hincha el pecho
al soplo del coraje

        —a veces las lágrimas iluminan
        mi mirada

qué enormes montañas
yo los veo
cuando vamos a ganarnos
el sustento honrado
qué colosales cordilleras
forman en las calles
qué caudalosos ríos
qué bosques
qué praderas
nada se les compara
cuando los veo de frente
cuando veo a cada uno
y los reconozco   desde siempre
sin falsas apariencias
       en lo que son

Iván González

Ah si pudiera elegir mi paisaje
elegiría, robaría esta calle...
Mario Benedetti

Ahora que la miro
y la veo desde dentro
    esta calle
     hoy es un niño

josé fernando nelson luis esperen
no se me vayan a perder   esperen
ya que los he vuelto
a encontrar juntos rientes
corriendo
saltando
alborotando
en ese pedazo de mundo nuestro

melón melón... vamos a ver quién llega
    y quedamos tendidos sobre el pasto
    los caballos sueltos en los pechos
    hasta que esa voz nos levanta
    arriba

aquí amanecemos   nos dormimos
y nos trenzamos a golpes por zonceras
y de nuevo buscamos la cigarra
porque es verano y crecemos   somos
niños pillos
en esta calle a mano

de repente la miro y me descuentro
la observo poblada de marcianos
pequeños
alocados

cabezudos
y esta calle que sí está cercana
cernidos los ojos sobre el arroyo
revolotea sus párpados al cielo
y me devuelve solo una mirada
tapiada
a piedra

Vuelvo de la calle
vi
gente apresurada lapachos en flor basura
en la acera propaganda esmog indiferencia

la triste soledad de los mendigos
niños rotos: marionetas gastadas
un paisaje descolocado pero cierto
      mi paisaje

vuelvo de la calle
pasé
por el mercado
(ofertaban monos en una esquina)
la plaza
(la catedral lucía su silencio amarillo)
la costanera
(el río daba espejuelos de sol
al mediodía)

vuelvo de la calle
(el viento norte sopla
rebelde ante el invierno)

De este lado del río:
la ciudad
                  y el poeta

se calzó los zapatos
y salió
a caminar los barrios

la ciudad
                  y el poeta

volvió a su casa luego
a reunir palabras
voces —la ciudad

de este lado del río:
los mismos ojos abiertos

Estos párpados
pesados como edificios céntricos
que buscan caer apoyarse
sobre los lindes rasgados al agua
sellarse en un descanso de ciénaga

estos párpados
rabiosamente disgustados a veces
o quizás halagüeños y entornados
como para conquistar el duro hueso
que de tiempo en tiempo se vuelve corazón
no caen porque no se los deja
solos con su humana miseria
con su desgarrador cansancio
de vigilia obligada

estos párpados
pesados cansados adormecidos
—párpados de muelle
de bahía crecida—
pueden acabar de golpe
con el correr del río
con los ojos abiertos
para que no haya una sola palabra
grabada en la retina
que pueda convertirse luego
muy luego
en fogata

Lluvia alta
y fina en los traspatios
    olor a naftalina en los abrigos
    sabor de café cargado tras los labios
    paso de escarabajo en las solapas

náufraga de nubes
    hundida entre las olas
        verdes de los árboles
            la tarde me ha traído hasta la orilla
                misma de la *táva*
                    gris y difusa en cada pulsación
                    filosa del viento

la muerte retobada se ufana
escalofríos
—trenes desbocados bajo la piel
la bruja de la cueva muere de improviso
en los brazos laberintos
de tus calles

---

táva. guar. Ciudad

Espejo claro de la tarde
espejo roto de la noche
partido en dos a la mañana
uno otra vez
                    hacia el ocaso
cruzo tus azoteas
mientras el picaflor azul se busca
en toda astilla que echa flor

porque he llorado en el ápice de tus vértices
me devolviste un empedrado de rostros
aunque yo no quise
y ahora siento los pasos
y ahora quiero tontamente
porque estoy loco

es preciso decirte que hemos llegado
al punto donde los novios se desaman
para correr hasta la lisura honda
del destello dual y único de tu seno

y nos miramos con mis ojos tuyos
con esta mirada de cristal
de arenilla lavada a fuego
de puro milagro reencontrado

espejo claro roto claro
espejo hecho espejo en dos
me huiré desde tu encuentro
hacia el que no soy
                    o sí

Consumo tu carne con mordiscos ciegos
bajo tu almohada
guardás una rama encendida
y para peor juntaste los sueños
y a mí se me ha roto el cántaro viejo

me he zambullido en tu espesura tantas veces
que ya no me acuerdo de tu nombre

mientras el día se amanece
y me fastidio
porque volveré a esperar tus aleteos de fiebre
restregando horas en las paredes

en realidad lo que deseo ahora mismo
es tan común en apariencia
que las palabras se descuelgan de mis ojos
se tienden al viento
se escurren entre la gente
para llegar a vos
para tenerte como te siento
para saberte aquí

entre dos cielos

Me cruzás el cuerpo en múltiples abrazos
curuvica de río
escucho tu jadeo de olas endulzándome el aire

mientras me hundo en tu profundo cauce
tus peces me acarician en aleteos múltiples
voladores del agua tijeretas locas

hoy bebo en tu cabello tu aliento fresco
y escucho tu sollozante risa
oleaje crecido desde la calma

rompés las orillas del silencio torrentosa
subís al horizonte desnuda de nubes
desgranás mis uvas con tu ávida boca

te volvés a la noche más suave que el viento
me entrego a tus besos redondeles de luna
y te amo en lo hondo de tus ojos de agua

DE IMPROVISO
el río con su bocaza grande abierta
el río con su bocaza grande
el río con su bocaza engulle
mastica
mastica
traga devora

el río se ha vuelto un tigre azul
el río acecha a mis niños en las noches
tiene las zarpas filosas
araña las paredes de mi casa

tigre río azul tigre
en su ronda se ha comido la luna
(ya no alumbra encima de la torre cristalina)

tigre río azul tigre
en su ronda mete miedo al sol
(ya no reseca el suelo de mi patio)

el río se agazapa en su cueva
el río se agazapa y sale
se pasea
me mira
me mira
me mira con sus ojos de tigre
me mira
me mira y salta

el tigre
el río
el tigre-río
me ataca

LA NOCHE llega
en sigilo con su único
ojo cansado
las vereditas hambrientas
mordisquean mis zapatos
la vía sueña vagones
sobre durmientes de cedro
                    callo
la noche me mira ahora
con su único
ojo cansado
              callo y sigo
y queda la noche
sola con la ciudad
que la ignora

Ojos de *kaninde*

He vuelto a las calles
que anduve: heme aquí
        otra vez
soplo o latido de la *táva*
ojos de *kaninde*

un arco de luz
ilumina los tejados
        como si nada
la vida me devuelve
retazos de lo que hemos sido
            giro
        otra vez
un ave —quizá colibrí—
pasa cerca   pasa
        mientras
el presente es ayer
en estas horas

---

táva. guar. Ciudad
kaninde. guar. Guacamayo azulamarillo

Quienes vuelven hacia la luz
hacia el torrente de luz
al pleno día
con el sol sobre los hombros
quienes vuelven

caminantes de las aceras meridianas
quienes vuelven
viandantes transeúntes
de estas calles hijas
del deseo
del hambre de nosotros

nosotros
dicharacheros del fuego
caminantes perfumados
con melones maduros
en esta siesta de retornos

No existe la claridad
solo la luz
        esa oscuridad que ciega
todos los resquicios
de quien cree ver
solo la luz
        oscuridad que ilumina
desde el recuerdo
desde la visión que fue
más allá del follaje
un colibrí azul
ante la flor amarilla

Quienes no somos ni seremos
mariposas colibríes
mucho menos
amapolas o nenúfares
decidimos fingir sonrisas
de sandía

el verano se yergue
como los eucaliptos
hacia el plomizo cielo

ya no somos ni seremos
pero esa fruta del recuerdo
ha madurado
y es bueno que la cortemos
sin pena

nos queda el goce
esa boca de sandía
en la heladera

De la razón que nos trae
de la razón que nos lleva
        en ese espacio que va
        más allá de las tapias
        mucho más allá de las orillas
        donde ya no se agitan los mares
        ni se arremolinan los vientos
nada nos quede en las manos

de la razón que nos quema
de la razón que nos apaga
        en ese tiempo que va
        más acá de las calles
        mucho más acá de las pisadas
        cuando ya no se apuran los pasos
        ni se aceleran los cuerpos
nada nos quede en las manos

        donde de soles y de lluvias nazcan
        horizontes transparentes
        cuando tardes enciendan flores
        en los jardines de las casas
        mientras lunas en cada noche griten
        sus cuatro palabras al sueño

de la razón que nos guía
de la razón que nos azora
nada nos quede en las manos
        pero las manos

Dedos
        yo solo quiero bailar contigo

dedos
        dame ese aire

dedos
        yo solo quiero bailar contigo
        desde tu aliento
        desde tu pelo

dedos
        yo solo quiero bailar contigo

la melodía   —ya noche
corta mis poros

(ese soy yo:
una imagen
de espaldas en el espejo)

aquí voy
contra las náuseas
aquí
contra el olvido

dedos
      rompé el ritmo
      que nazca música
      dame un espacio
      que sea sonido
      dame un espacio
      que sea luz

(las figuras
como colores de mi muerte)

LA VIDA
esa bulliciosa mentira de los sentidos
a veces agua fresca o tereré en las mañanas
        ave en los jardines colgantes del traspatio
        siesta de sandías o tarde de canciones en estéreo
        noche o madrugada en las guitarras que ya han sido

la vida —digo
esa bulliciosa mentira de los sentidos
a veces galopar de emociones o llana alegría sin más
        horizonte de afectos que nos envuelve la mirada
        caricias y jadeos que no cesan de llover en el verano
        odios o desamores que brotan cualquier día a disgusto

la vida —insisto
esa bulliciosa mentira de los sentidos
a veces nos atrapa o seduce o finge que es nuestra
        falda grácil al vuelo entre los airosos edificios
        pantomima eléctrica en medio de robles y de peces
        vitrales en espejo calidoscopio dislocado en las
        pupilas
        puñetazo o navaja que nos da de lleno en la boca del
        estómago

Ser uno mismo y dejar
de ser uno
ser dos   ser multitudes
         tanto día tanta noche
         tanto silencio tanto decir
         ojos en las altas cornisas de los cedros
         y párpados dormidos en el regazo del río

ser uno mismo y dejar
nomás dejar de ser
ser nada   ser espacio posible
         magia de la música en el aire de la danza
         encuentro de la piel en el rostro del espejo
         cuerpo sin sombra bajo la sábana del sueño
         vacío que contiene vacío que contiene

         cada segundo ya irrepetible

ser uno mismo y dejar
ahora dejar de ser
ser otro   ser no siendo
         porque el pasado es aquel que nos reclama
         mientras el futuro es este que nace y este
         en un fugaz presente de orquídeas y mariposas
         o de terremotos y pesadillas en el pecho

         cada segundo ya irrepetible

Y NO SERÉ sino ese requiebro
de cristal sobre la piel
porque es lo último
y es el deseo

y romperé a llorar
entre tus piernas

que
esos
tacones sean
tacones que caminen
mi duelo

atrapado en el
vuelo de tus faldas
en la misma luz
oscura del deseo

(todo es eterno ahora
nada cambió)

—quién entenderá
el diapasón de los calzados

Las manos han caído
junto al acre fuego de la noche
porque esa luna ha demorado su mirar
en el largo bostezo de la ventana entreabierta
y los pies descalzos han ido durmiéndose
con la serena complacencia de los grillos

otros ojos recuerdan otros párpados
y esa orilla de filosos naipes
que se despliegan en un abanico súbito
hiriente casi para los labios mojados
en la terca dulzura de las horas

Gato pardo
      va
un gato pardo

      cómo es el gato
      sino como un día con garras
      como una panza de helio
      que todo lo consume

dónde está la noche
que no la veo en el tejado
dónde está la luna
que no la veo rondando el vecindario
dónde está el viento
que no susurra en el ensueño de los faroles

gato pardo
      sos
un gato pardo

y tu tristeza se confunde
con el beso de las libélulas a los cristales
y tu tristeza se confunde
con la caricia del rocío a las hojas del jardín
y tu tristeza se confunde
con el abrazo del jazminero a las rejas del ventanal

mientras la luna
redondel de miedo en la garganta
a medianoche huye

La poesía despierta al aire
esta mañana
en la plaza de mi barrio
            mientras
se despereza el sol
entre el penacho de los cocoteros

la navidad aguarda
su cielo de fuegos artificiales
su puntual pesebre con su ofrenda
en las calles en los portales más allá
una lágrima una sonrisa un abrazo
una noche que sea la esperada

eso es todo por ahora
cierro la ventana de mi cuarto
dejo el balcón encendido de jazmines
apenas es un día
que pasa

Mañana erguida y plácida
plexo solar: el canto
            de las palomas
        el deseo de las uvas
        entre los labios secos
        entre los dientes
    felpa de sol en re
        como una canción sola
        como la vida
            mordida gota a gota
              hasta el final abrazo
              muerte amorosa

Ese enorme barco
la brisa —sin prisa— del reposado horizonte
la estela que rompe las olas como una sonrisa de pez
la piel del tiempo que se desdibuja en no se sabe qué color
de cielo
me hablan de la tarde
me hablan de la mar lejana
me hablan de la playa y el faro y el fresco de las cinco en
punto del recuerdo
y qué callada nostalgia se desliza entre mis dedos
y qué callada nostalgia se descubre en el recuadro de esa
foto mustia
desde las silenciosas troneras de los años

EL CANGREJO desea la noche:
noche que cerca se despereza
desde el agua inmensa
cuando los caracoles se acurrucan
contra el muro de piedra
y el recuerdo del fuego —ese biplano azul
sobrevuela la playa

oh mascarón de proa
supiste que el dolor hinca los dientes
como el sol de las doce sobre la piel desnuda
y te arrojaste entonces a los brazos tiernos de la
sombra
mientras
el cangrejo ya no desea sino la noche misma
sentado (niño desnudo) en un pozo de arena
viendo
no viendo el mar
en la sonrisa ajena
de la tarde

Besos de sol:
este río en la siesta
se adueña de los lapachos
          de esta orilla
sedentísima
desnuda para sus olas

una y otra vez —este río-sol
con los besos de sus dientes
besa —cual la tierra
a estas raíces: laberintos
reverberantes en lo hondo

Alma de mis manos
sobre la piel del monte

fuerza de la siesta
recio latido del viento
        rasga la bizarra tierra de mi carne
        en este instante cuando ya sin tiempo
        me destruye y me revive

riente
la risa de las urgidas venas
—alma de mis manos sobre la piel del monte
canta aquella canción alegre
del horizonte reverdecido

Dejo mi nombre aquí
bañado en fuego

ya no soy aquel
a quien llamabas tiernamente
—madre

soy como dije   digo
          maino
que me renombra
por quien he sido
          y soy

------

maino. guar. Colibrí azul

Epílogo

Estos poemas son un retazo de mí mismo —aliento de mi aliento o bocanada de aire que me da vida. Cada uno de ellos lleva lo que yo he sido y soy, lo que seré en un instante venidero. Han transitado conmigo este tiempo y me transitarán luego, cuando ya no esté, en los que lleguen a leerlos.

Algunos cumplen, en este, veintinueve años de haber sido presentados a sus lectores por vez primera. Otros, hasta el 2012, han esperado pacientes la gracia de verse publicados —no sea que vayan a quedar en el olvido mucho antes de haber visto la luz de otros ojos.

Creo, firmemente, que este es un libro no renovado sino nuevo. ¿Por qué? Porque los poemas que han sido incorporados le dan una dimensión diferente a la que originalmente tenía; una dimensión que se nutre de su antigua estructura pero que se yergue con una original. ¿Cuánto de lo viejo queda? Todo, pero como un substrato que se ha convertido en el soporte y energía de las creaturas que, ahora que has leído los poemas, han cobrado vida en estas páginas.

Quiero dejar constancia aquí de mi agradecimiento a las personas que me han iniciado y alentado en el arte poética: a mi madre, doña POCHA, quien me leía en las tardecitas rutilantes de estrellas en Yukyty; a mi abuelo, don ALBINO, quien me contaba casos bajo la enredadera de Santísima Trinidad; a mi profesora de literatura, doña ELSA DE VILLALBA, quien prestaba a su nombre libros de la biblioteca para que yo los lea; a mi amigo P. ALBERTO LUNA, SJ, con quien compartíamos sueños en los talleres de poesía *Hérib Campos Cervera* y *Pájaro Azul*; a JOSÉ LUIS APPLEYARD, quien pacientemente escuchaba la lectura de nuestros poemas y nos señalaba ripios y disonancias; a JORGE MONTESINO, con quien nos embriagábamos de poesía en interminables noches de lectura y escritura compartidas... En fin, a todas las personas que han contribuido, muchas veces quizá sin querer, a que me enamore de la poesía y se enraíce en mí esta pasión, sin la cual —estoy seguro— ya no sería yo mismo.

Inevitablemente, estas personas y otras a quienes no menciono aquí —incluyendo a escritores que han influido, siguen influyendo, en mí—, han dejado huellas en mi escritura. Agradezco, finalmente, a los grandes poetas (Lorca, Aleixandre, Neruda, Benedetti, Pizarnik, Orozco, Girondo, Campos Cervera, Appleyard, Romero, Plá, por citar algunos) a quienes considero maestros de quienes nunca dejaré de aprender.

Apéndice

Análisis de los cuatro elementos naturales en *Curuvica de río*

Nelson Aguilera (2012)

El libro fue publicado por primera vez en 1992, pero no ha sido la última publicación, puesto que fue creciendo con el tiempo y con las experiencias del autor. Recientemente fue reeditado y enriquecido con más poemas, y fue presentado al público en junio de este año.

Iván González es un poeta paraguayo fuerte. Su poesía es impactante, progresista y experimental, ya que juega con las formas y rompe los cánones tradicionales para presentarnos una obra de arte llena de frescura y de ideas ocultas detrás de las figuras literarias, detrás de los símbolos.

En términos de Núñez y Del Teso (1996), los «textos poéticos no utilizan el lenguaje natural como instrumento, sino como materia que es manipulada para sus propios fines: crear imágenes de emociones, expresar la participación afectiva, la implicación del hombre en la realidad, representar vívidamente las experiencias; (los textos poéticos) no apelan a nuestra racionalidad discursiva, a nuestro entendimiento, sino a nuestra capacidad afectiva e imaginativa; no buscan la verdad, sino la belleza de la representación; por consiguiente, no se ven atados por las constricciones del razonamiento, y con frecuencia presentan anomalías con respecto a los principios de la lógica y las reglas de la argumentación;

atentando contra la lógica y el lenguaje inventan fórmulas en las que queda atrapada, no la realidad exterior, sino nuestra relación con ella (la cual es) el sentimiento».

Considerando esta cita y la teoría psicoanalítica de GASTÓN BACHELARD, me adscribiré a su obra El agua y los sueños, para aproximarme al trabajo del poeta IVÁN GONZÁLEZ. Analizaré la presencia de los cuatro elementos de la naturaleza en su poesía, es decir: agua, fuego, tierra y aire.

El título de este poemario se basa principalmente en un neologismo bien paraguayo: 'curuvica', que significa: 'añicos, trizas, migajas, miles de pedacitos'. Y está unido al sustantivo 'río', haciendo un complemento diferencial para especificar que este nombre que significa 'agua' (que corre, que fluye, que tiene y provee vida, que se desborda, que se seca, que inunda, que arrasa y que tiene miles de formas); se ha hecho trizas, se ha hecho añicos.

Pero, ¿qué es este 'río' en la poesía de IVÁN GONZÁLEZ?

Primeramente, lo encuentro como el destinatario de muchos de los poemas. Y este destinatario tiene varias facetas, se constituye en vida, en placer, en muerte, en amores y desamores, en ardientes pasiones y en tristezas, en fines y en comienzos, en soledades y goces.

Pero el río no es el único destinatario de los sentimientos del yo lírico. También este yo se dirige a los dedos, al mascarón de la proa, a un tú específico que se hace mujer a través de los versos, de las antítesis, de las descripciones en tercera persona, cuyo uso la vuelve distante, en ocasiones, y el uso de la segunda persona singular la convierte en un ser de carne y hueso, deseado de una forma ardiente y casi felina.

Este río también es un monstruo que engulle, mastica, traga, devora, mira, se pasea, salta y ataca. Se presenta en forma metafórica a través de un 'tigre río azul', indomable y feroz; y también como un 'río-sol' en que se confluyen el agua y el fuego de una manera sorprendente. El fuego es pasión, el agua es calma, es violencia, es vida, es muerte. El fuego quema y purifica, el agua lava, calma el dolor, es bálsamo y también es un elemento purificador.

Haciendo un análisis de los elementos naturales presentes en los poemas de Iván González me encontré con los siguientes datos (consideré las palabras que se refieren al elemento natural mismo, así como a sus isotopías o campos semánticos):

AGUA	FUEGO	AIRE	TIERRA
lluvia	fuego	aire	cordilleras
río	luz	soplo	piedras
rocío	llama	viento	acantilado
torrente	hoguera	aliento	praderas
mojar	sol	brisa	montañas
navegar	fogata	arenilla	
bañar	quemar	empedrado	
agua	ilumina		
olas	verano		
mar	fiebre		
lágrimas	luna		
arroyo	solar		
muelle			
bahía			
náufrago			
nubes			
zambullirse			
cauces			
peces			
beber			
cántaro			
cangrejos			
oleaje			
tereré			
sandía			
gotas			

playa
caracoles
pozo

Y como ustedes ya notaron hay un predominio de lo líquido, en segundo lugar, está el fuego; luego la tierra y, finalmente, en menor cantidad, el aire. ¿Qué significa esto? Según GASTÓN BACHELARD: «las figuras matrices de agua y fuego son el soporte de las variadas articulaciones que producen la diversificación cultural de la humanidad. Asimismo, la presencia de estos elementos en los poemas pone de manifiesto los complejos de culpabilidad de la sociedad, de la cultura. También se constituyen en puntos de unión entre las pulsiones y la inspiración, lo que el poeta empuja y lo que aspira. Es remitirse al ayer, así como también querer desembarazarse del pasado. Para vincularse al pasado es menester amar la memoria, y para desligarse del pasado es preciso imaginar mucho» (GÓMEZ REDONDO, 1996, p. 300).

Lo líquido también se relaciona a lo femenino, a la mujer, esa mujer que es vida, que es calma, que es intimidad, excitación, es profundidad, es materia dominadora, es muerte, es infinita. El agua también es la representación de «imágenes huidizas, vano destino de un sueño que no se consuma» (GASTÓN BACHELARD).

Otro punto interesante que no podemos obviar al hablar del agua es el mito de NARCISO, que contempla su imagen en el espejo del agua, que se enamora de sí mismo, que ya no dice «Me amo tal cual soy», sino que dice «Soy tal cual me amo». En la poesía de IVÁN GONZÁLEZ, la palabra 'curuvica' se aplica perfectamente a los añicos de un espejo, a los añicos de un río —de ahí Curuvica de río, de ese río que fluye, que, en términos de HERÁCLITO, es la vida misma que no se detiene. Y esta vida se encuentra en añicos, rota en miles de pedacitos. Esta rotura del espejo es la rotura de la ensoñación, la muerte del ideal narcisista. Ya Narciso no puede contemplarse en el espejo de la vida que corre, porque ese río, esa vida está en curuvicas.

Otro punto que resaltar en el arquetipo del espejo es la búsqueda de la belleza (esto nos remonta a Blancanieves); búsqueda de la perfección, de la corrección de las imperfecciones. Esto de mirarse al espejo no es solo amor a sí mismo, sino un deseo de traspasar los límites entre la realidad y la ilusión, entre el yo de carne y hueso, y el yo ideal reflejado en ese espejo; el cual está en curuvicas. También las ilusiones están rotas.

En cuanto a la presencia del fuego en los poemas de IVÁN GONZÁLEZ, podemos ver que está en segundo lugar. Este fuego es el hombre lleno de pasión y se presenta a través de los sustantivos 'sol, fiebre, hoguera, llama, fogata, verano, fuego, luna, luz'. Y se conjuga con el agua (la mujer) en la bella expresión neologista 'río-sol'. El fuego (el hombre) no es en plenitud sin su antítesis el agua, el río (la mujer).

Los otros elementos naturales que ocupan el tercer lugar es la tierra; y el cuarto, el aire. Lo interesante de este análisis es que la tierra, símbolo de solidez y firmeza, de maternidad y de fecundidad se halla un poco reducida, o presente en forma de piedra, montaña, acantilado, que son elementos duros. No se la presenta a la tierra como fértil, ni como dadora de vida, de frutos, sino en forma tosca, escarpada. Pareciera que la tierra simbolizara a una mujer sin sementeras. Sin embargo, lo líquido, que también representa a la mujer, fue presentado más como un elemento de goce, de elemento vital para existir, pero no para procrear.

El aire, por otra parte, se presenta a través de los siguientes vocablos: 'brisa, soplo, viento', pero no de manera tempestuosa. Esto tiene mucho que ver con las características del yo lírico, el cual es apacible, controlado y sin desbordes.

En cuanto a la forma de los poemas, se puede decir que los tipos de estrofas y de versificación son bastante variables. Hay una gama polícroma de versos distribuidos en diferentes tipos de estrofas. No hay uniformidad alguna. Además, hay un quiebre con la ortografía, ya que los poemas carecen de puntuaciones, con excepciones de algunos: dos puntos, rayas y paréntesis. Todos los poemas comienzan con palabras escritas en versalitas, que se constituyen en desviaciones grafológicas. Algunos poemas carecen totalmente de verbos, véase, por ejemplo: Mañana erguida y plácida. ¿A qué se debe toda esta variabilidad? Hasta la forma de los poemas es como el río, que no tiene una sola forma, como la vida, como la mujer.

Concluyo esta presentación diciendo que la predominancia del agua en la poesía de Iván González, representa la vida, lo femenino, el placer. Que en segundo lugar se encuentra el fuego, el cual simboliza al hombre que desea disfrutar de la tierra (la mujer), pero que no dé frutos. Y finalmente, el aire, que se presenta en muy poca cantidad de una manera tranquila, apacible, no tempestuosa, representando al yo lírico (el hombre) en contraposición del agua (la mujer), que se presenta en todas las maneras posibles. En síntesis:
agua / tierra (mujer);
fuego / viento (hombre).

© Nelson Aguilera
Magíster en Lingüística Literaria para la
Enseñanza de Lengua y Literatura.
Publicado en la Revista del PEN Club del Paraguay
(diciembre, 2012). IV Época; N° 23; pp. 61-66.

Habitantes del río

Delfina Acosta (2012)

Al leer *Curuvica de río*, del poeta paraguayo Iván González, he tenido la sensación de que los versos están íntimamente ligados a la conciencia del autor. Se nota el profundo humanismo de González en este libro que a veinte años de su primera edición (1992), ve la segunda luz, vale decir la reedición, mediante la publicación del Grupo Editorial Atlas.

Es casi una constante el río en su obra. Y es que él es el agua que el amor y el desamor lleva en sus adentros y que busca la boca del mar para comulgar con aguas diferentes.

En sus poemas convergen los habitantes del río.

Los animales y las flores, es decir la naturaleza en su conjunto está presente a lo largo de este hermoso texto literario. Acontece que a Iván le gusta convocar a la naturaleza, ya para despojarla de sus ornamentos o para arroparla, según como le vienen los sentimientos al ánimo y las ideas a la mente. Así, por ejemplo, escribe: «Les doy mi habla lisa / oidores de cedro / plumas de colibrí azul / cordillera del *kaninde*».

Su poesía es distinta, buena y se justifica verso a verso. Estamos ante la cosecha de un artista que va trazando líneas que deben ser leídas más de una vez pues sus poemas no se revelan fácilmente al entendimiento del lector. No digo de ningún modo que sus poemas sean abstractos, pero sí digo que ellos traen dentro de sí una verdad (bella, por cierto) que hay que buscarla con paciencia.

Hay obras en el mundo que son de manifiesto mensaje social. Admiro particularmente a los poetas que a través del lenguaje muestran las escaras, la purulencia de una sociedad manipulada a lo largo de la historia por sus malos gobernantes. GONZÁLEZ nos acerca su interpretación de la llamada literatura de denuncia, desde su humanidad rasgada por el dolor de los demás, de sus semejantes.

Así, por ejemplo, escribe estas líneas: «Vuelvo de la calle / vi / gente apresurada, lapachos en flor basura / en la acera propaganda esmog indiferencia / la triste soledad de los mendigos / niños rotos: marionetas gastadas / un paisaje descolocado pero cierto / mi paisaje».

El autor va retratando a Asunción. Se fija en todos los detalles, en lo florido, en lo hermoso a los sentidos, en el abandono, en la indecencia. Con paciencia de orfebre consigue entregarnos un óleo de la capital del Paraguay.

© DELFINA ACOSTA

Periodista y escritora paraguaya.

Publicado en el Suplemento Cultural del diario ABC Color, del domingo 1 de julio de 2012.

Se reproducen aquí algunas partes seleccionadas.

El texto completo puede leerse en línea: http://www.abc.com.py/edicion-impresa/suplementos/cultural/habitantes-del-rio-420442.html.

Curuvica de río, de Iván González, un poeta casi fluvial
ARMANDO ALMADA-ROCHE (2013)

La poesía no consiste en lo que se nos comunica, sino en cómo se nos comunica, en la indisoluble articulación del contenido semántico y la expresión lingüística. Apartemos esta y por muy poético que sea su contenido, al quedar inexpresado, desaparecerá la poesía. Por ello, para intentar la aprehensión del mecanismo de una poesía, no queda más camino que el análisis de su forma lingüística, aunque algunos denominen a este, con cierto desdén, análisis formal. Forma es la poesía como todo arte. Sin la forma, que configura y discrimina los contenidos suscitados por la intuición y el sentimiento, no queda nada: un caos incomunicable (y la poesía, se ha dicho, es esencialmente comunicación).

Es sabido que las palabras, alrededor de su núcleo significativo intelectual, tienen como un halo consistente en las resonancias sentimentales y fantásticas que a ellas asocian los hablantes. Lo típico de la poesía es precisamente que esta envoltura que pudiéramos llamar gaseosa pase a primer plano, puesto que el poeta no emplea tanto los vocablos para evocarnos representaciones intelectuales y utilitarias como para transmitirnos un estado de ánimo, sentimientos. Cada poeta selecciona las voces más idóneas, por sus particulares resonancias, para expresar sus vibraciones sentimentales. Por eso cada poeta, con sus sentimientos particulares y la temperatura típica de sus vivencias, suele tener predilección por determinados grupos de palabras. Igual que la sintaxis clasifica las palabras por su función en la frase, igual que un diccionario ideológico las ordena por el parentesco de sus conceptos, podríamos en poética clasificar los vocablos por las características sentimentales asociadas a su núcleo semántico intelectual, y tendríamos, por ejemplo, palabras 'blancas' (como nieve o paloma), palabras 'negras' (como muerte o túnel), palabras 'suaves' (como seda o murmullo), palabras 'ásperas' (como roca o grito), etc. Clasificación, pues, según el clima sentimental.

Pues bien: en cada poeta se puede encontrar una selección de léxicos de este tipo. Por eso traslaticiamente es posible hablar de poetas suaves o poetas broncos, de poesía sosegada o de poesía hirviente, según el tipo específico de resonancias sentimentales que predomine en su vocabulario. Entonces, no debemos olvidarlo: esas palabras agrupadas por su parecido sentimental o imaginativo en el poeta tienen en su poesía una significación que puede distar bastante de su valor semántico meramente práctico, pues al aparecer con frecuencia se apoyan las unas a las otras y ponen en primer término su común denominador, esto es, su envoltura poética del mismo signo, quedando solo al fondo su referencia conceptual.

Demiurgo de la palabra

¿Qué selección léxica se opera en IVÁN GONZÁLEZ? ¿Qué temperatura interna de sentimiento nos reflejan las preferencias de su vocabulario? ¿Qué representaciones de fantasía quedan construidas con tales palabras?

El hombre duerme, rodeado por el peso de la ciudad. Este sentimiento del poeta abarca casi toda su poesía. El léxico lo refleja. El sentimiento de la ciudad lleva implícito la creencia de que antes —¿cuándo?— hubo un algo, algo que se ha deshecho y se añora. Así, las palabras fundamentales —y más conceptualizadas— de soledad y fuego y río arrastran en la poesía de IVÁN GONZÁLEZ un cortejo de otras que indican resultados del pasado, muchos con el prefijo des-: desgajado, desarraigado, desbordada, destrozados, etc. El mismo temple aúna otros sustantivos: olvido, amargura, tristeza, etcétera.

Pero no todo es gris o negativo. Aun en el caos de las calles de su ciudad y ante el desamparo, existe algo que aspira a regiones claras y luminosas: el amor, la paz, la luz. Y como contrapunto a la coloración sombría de su ciudad, encontramos otras palabras positivas, iluminadas, libres, aireadas, todos símbolos de la meta liberadora que busca el poeta: lluvia, fuego, río, arroyo, etcétera.

A veces, en el paisaje en ebullición, surgen fugaces ensenadas de aguas tranquilas y suaves. Son momentos en que la violencia cotidiana se serena en resignada melancolía. Entonces el léxico bronco que conocemos aparece contrastado por otras palabras 'positivas': alto, puro, júbilo, barrio. Léase, por ejemplo, su poema *Lluvia alta*.

¿Nada o Dios?

Las palabras, además de aportar a la poesía la tonalidad del sentimiento, desempeñan otro papel: el de configurar en realidades objetivadas la representación imaginativa que sobre los sentimientos construye el poeta en su fantasía. ¿Cómo ve, cómo transmite IVÁN GONZÁLEZ el juego de sus sentimientos y de esas pocas piezas fundamentales de sus vivencias (hombre, mundo, ciudad, río, paisaje, niñez, Dios, etc.)?

En esquema, la construcción imaginativa de estos sentimientos es así: el hombre —o el mundo— es una isla rodeada de un río amenazador, el de la muerte, el de la nada, y sobre ella y él hay una bóveda de salvación, el cielo, Dios, hacia la que el hombre —río— tiende; a veces hay niebla y el horizonte es confuso: el cielo y el río se mezclan, resultan uno: ¿nada o Dios? Y aquí queda apuntado un rasgo de las imágenes de GONZÁLEZ: nunca son fijas, su contenido suele ser polar. En el remanso del río flota el hombre. En el poema *Me cruzás el cuerpo en múltiples abrazos* encontramos la imagen del hombre como isla.

El tigre azul

El río puede ser también el del amor. Río tranquilo, donde bogar en gloria, cuando la mujer es un río de oro. Pero enseguida reaparece la otra visión del río, la furia, el tigre que devora, como en el poema *De improviso*.

En cuanto a los procedimientos de transposición imaginativa de las palabras, no creemos que haga falta puntualizarlos. Sabido es que toda imagen se basa en una comparación, explícita o tácita. Todos los grados aparecen en IVÁN GONZÁLEZ: a) por indicación de como: «como un tigre azul»; b) por copulación «tigre río azul tigre»; c) por oposición: «río, que se agazapa y sale», etc.

Ensayos poéticos

Es muy conmovedor observar cómo este joven poeta (todavía es joven), (fuerte en la sustancia y suave en las formas), trata de disculparse con gentiles evasivas de que «no es un poeta verdadero». El poeta esconde tímidamente, casi se diría púdicamente, toda la energía que impulsa y sostiene su espíritu: su vocación lírica. Si habla de sus poesías, los denomina «ensayos poéticos». Dice: «Que un día espera ser digno de ser llamado poeta». Nunca se enorgullece de sus intentos o de sus éxitos; en cambio, afirma que solo se trata de obras todavía inmaduras: «Tengo el convencimiento profundo de que el fin de mi existencia es algo noble y útil para los hombres, siempre que logre alcanzar una perfección conveniente».

Iván González ve en la poesía el aliento de Dios que anima y fecunda la tierra, la sola armonía en la que su espíritu se baña, para extinguir dentro de sí mismo el perpetuo disconformismo en una perpetua felicidad. La poesía colma el vacío de angustia que hay entre las partes más nobles y las más bajas del espíritu, entre los dioses y los humanos, en la misma forma que el cielo presta color y llena el abismo aterrador que se extiende entre las estrellas y la superficie de la tierra.

Insisto, pues, en que para Iván González la poesía no es simplemente un adorno humano o una postura moral o intelectual, sino acaso el único propósito de la existencia, el principio creador que sostiene el universo. Por esta razón, la consagración de su vida (después de su mujer y sus hijos) a la poesía es la única oferta de valor. Este solo concepto aclara magníficamente el carácter de nuestro poeta.

Lo bajo siente, pues, la atracción de lo elevado, pero también lo elevado tiende hacia lo bajo: la vida se eleva a la espiritualidad; pero también la espiritualidad desciende hasta la vida. Carece de sentido la naturaleza, sin que los mortales la reconozcan, sin que los hombres la amen. La rosa no es rosa aún, si no la acaricia una mirada contemplativa; ningún atardecer es hermoso, si no se graba en la retina del hombre. Y como el hombre necesita de lo divino para no morir, lo divino necesita del hombre para ser realmente tal y crea por eso los testigos de su omnipotencia y el carácter verdadero de la divinidad. Esta concepción primordial de la filosofía de nuestro poeta, de la razón, de su razón, lo afirma en el poema *De la razón que nos trae.*

Poesías circunstanciales

Por esto el poeta, figura ungida y a un tiempo maldita, surgido del mundo, pero lleno de algo divino, está colocado entre los hombres y los dioses y está llamado a mirar lo divino para ofrecerlo a los mortales en imágenes adecuadas a la vida terrenal. El poeta procede de entre lo humano, pero sirve a lo divino; su obra es una suerte de apostolado, una misión. Solamente gracias al poeta la humanidad puede vivir simbólicamente en sus tinieblas lo divino. Como en misterio de la Misa, en el poeta los humanos consumen la hostia y beben el vino, cuerpo y sangre de lo infinito.

No puede ni debe el poeta escatimar algo de la cotidiana felicidad que es el precio —monstruoso precio— pagado por su vocación.

La poesía es un desafío lanzado a la fatalidad, es devoción y coraje. El que habla con el cielo, no puede temer ni los rayos ni los truenos, y menos puede temer al destino.

Como no puedo concebir la belleza independiente del tiempo y del espacio, no empiezan a complacerme las obras del espíritu (en este caso específico: la poesía) hasta que descubro su engarce con la vida, y el punto de contacto es precisamente lo que atrae. En el artista, en el poeta, busco al hombre. ¿Qué es sino una reliquia el más hermoso poema? GOETHE ha formulado una frase profunda: «Las únicas obras duraderas son obras circunstanciales». Pero, en realidad, son circunstanciales todas las obras, porque todas absolutamente dependen del lugar y del tiempo en que fueron creadas; no es posible comprenderlas, no es posible admirarlas con un amor inteligente, cuando se desconoce el lugar, el tiempo y las circunstancias de su origen. Las poesías de GONZÁLEZ también son circunstanciales.

IVÁN GONZÁLEZ tiene todavía mucho camino por recorrer. Es joven, talentoso y posee un especial cuidado en el momento de escribir poesía. No se parece a nadie, su estilo es peculiar, muy de él. Sin embargo, desde luego, viene de muchos poetas anteriores: los clásicos, y de los paraguayos, ¿por qué no? HÉRIB CAMPOS CERVERA, ELVIO ROMERO, RAMIRO DOMÍNGUEZ, por citar solo a algunos de sus posibles influencias. Pero, repetimos, su voz es nueva, pujante. Su *Curuvica de río*, que acabamos de comentar, tiene las virtudes que toda poesía debe tener: originalidad, ritmo y brillantez de la palabra. Su pluma transmite los latidos de su alma y pinta el paisaje de su patria con una claridad y hondura inigualables.

Bienvenido, IVÁN GONZÁLEZ, al mundo de la poesía.

© ARMANDO ALMADA-ROCHE (2013)
Periodista, escritor y crítico literario; es argentino,
aunque hijo de padres paraguayos.
Publicado en el Suplemento Cultural del diario ABC Color, del domingo
22 de setiembre de 2013.
Se reproducen aquí algunas partes seleccionadas.
El texto completo puede leerse en línea: http://www.abc.com.py/edicion-impresa/suplementos/cultural/curuvica-de-rio-de-ivan-gonzalez-un-poeta-casi-fluvial-620045.html.

Índice